I0686398

RAPPORT

SUR

LES EXHUMATIONS

DU CIMETIÈRE ET DE L'ÉGLISE

DES SAINTS INNOCENTS.

RAPPORT

SUR

LES EXHUMATIONS

DU CIMETIÈRE ET DE L'ÉGLISE

DES SAINTS INNOCENTS;

Lu dans la Séance de la Société Royale de Médecine, tenue au Louvre le 3 Mars 1789.

Par M. THOURET.

A PARIS,

DE L'IMPRIMERIE DE PH.-DENYS PIERRES,
Premier Imprimeur Ordinaire du Roi,
de la Société Royale de Médecine, &c.

M. DCC. LXXXIX.

RAPPORT

Sur les Exhumations du Cimetière & de l'Église
des Saints Innocens.

Au mois d'Octobre 1785, nous fûmes nommés par la Société Royale de Médecine, à la requifition de M. de Crofne, Lieutenant-Général de Police, MM. le Duc de la Roche-foucault, de Laffonne, Poulletier de la Salle, Geoffroy, Defperières, Colombier, Dehorne, Vicq-d'Azyr, de Fourcroy & moi, pour examiner un Mémoire fur les moyens de convertir l'emplacement du Cimetière & de l'Église des Saints Innocens, en une Place ouverte, & d'y transférer le Marché aux herbes & légumes. L'utilité de ce projet pour la falubrité de la ville, & la poffibilité de l'exécuter avec des mefures affez fages pour qu'il n'en réfultât aucun danger, ayant été reconnues, je fus chargé de diriger avec les autres Commiffaires de la Société (1), les opérations nombreufes

---

(1) L'immenfité des opérations ne permettant pas qu'elles fuffent furveillées par une feule perfonne, j'ai partagé ce travail avec M. Marquais, Chirurgien d'un mérite très-diftingué, & dont le zèle eft digne des plus grands éloges.

A

auxquelles la fouille du terrein , & les exhumations des corps qu'il contenoit, devoient donner lieu. Au moment où la Capitale délivrée enfin de l'un des plus grands foyers d'infection que renfermoit son enceinte , jouit avec reconnoiſſance du nouveau monument qui le remplace, la Société croit devoir élever ſa voix au milieu des acclamations publiques , & rendre au nom des Sciences aux progrès deſquelles cette entrepriſe a été ſi utile , un juſte hommage au Magiſtrat aux ſoins duquel on doit ce nouveau bienfait du Gouvernement.

Depuis un très-grand nombre d'années, le vœu des Citoyens de tous les Ordres n'avoit ceſſé de ſolliciter la proſcription du Cimetière des Saints Innocens. Situé dans un des quartiers les plus peuplés de la ville , & environné de maiſons qui le concentroient de toutes parts, il réuniſſoit à tout ce que l'on ſait que l'aſpect de pareils lieux peut inſpirer de dégoût & d'horreur, les ſources d'infection les plus multipliées & les plus actives (1). Dès 1554, Fernel & Houllier , Médecins célèbres de la Faculté de Paris, nommés pour en faire leur Rapport, s'étoient élevés contre l'inſalubrité de cet emplacement. En 1737, MM. Lémery, Geoffroy & Hunauld , de l'Académie Royale des Sciences, & chargés de la même miſſion , avoient confirmé ces craintes. Enfin , depuis 1724 juſqu'en 1746, les plaintes des habitans des maiſons voiſines avoient continué de ſe faire entendre.

_____

(1) Il régnoit au pourtour d'immenſes Charniers, où l'on dépoſoit les offemens humides qui provenoient de la fouille des terres, lorſqu'on ouvroit de nouvelles foſſes, & une rigole très-étendue, où l'on jettoit chaque jour des maiſons voiſines, des immondices de tout genre.

Au mois de Février 1780, un accident furvenu dans plufieurs maifons de la rue de la Lingerie, excita une allarme
plus confidérable. La crainte des dangers que de pareils accidens pouvoient renouveller par la fuite, détermina à faire
prononcer l'interdiction du Cimetiere, & à compter de cette
époque, on s'abftint enfin d'ouvrir chaque jour ce fol, qui
depuis plus de deux fiécles regorgeoit de victimes. Mais ce
parti auquel on auroit pu fe borner pour un emplacement de
ce genre, dont les couches de terre jonchées d'un petit nombre
de cadavres, auroient pu facilement les détruire, ne pouvoit
fuffire pour un fol qui, faturé dans tous fes points de ma-
tieres animales, n'avoit plus depuis long-tems aucune action
fur les corps dont il étoit profondément pénétré. Auffi obfer-
voit-on que les tems chauds & humides ramenoient conftam-
ment les mêmes accidens, & les murmures qui fe renouvel-
loient chaque année, annonçoient affez, que, pour remédier
à cette efpece de calamité, on n'avoit employé que des mefures infuffifantes.

Cependant un inconvénient d'un autre genre, qui chaque
jour prenoit de nouveaux accroiffemens, donnoit plus de
poids que jamais aux réclamations des habitans des rues voifines. L'infuffifance des marchés pour la quantité de comef-
tibles néceffaires à la confommation journaliere, avoit obligé
de les dépofer dans ces mêmes rues. Inondées la plus grande
partie du jour & de la nuit, par un peuple immenfe, elles
étoient devenues une fource continuelle d'embarras pour la cir-
culation de la Capitale; elles nuifoient à la tranquillité publique, & il n'y avoit point eu d'années où il n'en fût réfulté
des accidens. Mais c'étoit fur-tout aux habitans des maifons

voifines du Cimetière , que ces inconvéniens devoient être plus à charge.

Cette fituation fâcheufe dont les fuites ne leur paroiffoient plus pouvoir être tolé ées , excita de leur part, vers la fin de 1785, de vives réclamations. Un nouveau Magiftrat venoit d'être appellé, avec le vœu public, au département de la Police. Ils pensèrent que leurs plaintes ne le frapperoient point envain, & pleins de confiance dans fes vues d'ordre & de juftice, ils lui repréfentèrent qu'également incommodés du voifinage des vivans & de celui des morts ; privés de la plus grande partie des reffources de leur commerce , & de l'air pur, que dans le fein même des villes tout homme a droit de refpirer, leur pofition trop long - tems négligée, méritoit enfin toute l'attention du Gouvernement.

La néceffité du changement qu'ils follicitoient , ne pou-voit fe faire plus vivement fentir ; mais il étoit difficile de n'en pas prévoir toutes les difficultés. C'étoit une enceinte antique & révérée, qu'un refpeft religieux fembloit avoir plus particuliérement rendue facrée aux yeux du Peuple, qu'il falloit en quelque forte anéantir & violer. Long - tems le Cimetière des Saints Innocens avoit été prefque l'unique fé-pulture de la Capitale. Les familles les plus diftinguées de tous les ordres & de tous les rangs, venoient y confondre leurs funérailles, avec celles des citoyens de la claffe la plus inférieure. Cette efpèce d'hommage rendu au principe d'éga-lité que la nature établit parmi les hommes , devoit flatter la multitude. La Religion fembloit avoir cherché dans les pre-miers tems à entretenir une auffi pieufe coutume , en hono-rant cette fépulture commune par les cérémonies les plus impofantes. Au moyen des folemnités dont chaque année renouvelloit le fpectacle, le Cimetière avoit été long-tems pour le Peuple un objet de culte public. Ce refpect s'étoit bien affoibli avec le tems ; mais il ne s'étoit point entiérement éteint, & quoique fouftraite à fes regards depuis plufieurs années, l'enceinte qui le formoit, étoit encore pour lui un objet de vénération particuliere.

Cependant c'étoit fous les yeux de ce même Peuple, que les opérations devoient s'exécuter. Attiré dans toutes les rues, dans toutes les places voifines par fes occupations ou fes habitudes journalieres, la nuit même ne devoit pas l'en écarter. Aucuns momens ne pouvoient donc permettre des travaux qui lui fuffent cachés; aucunes mefures, aucunes précautions ne pouvoient lui en dérober la connoiffance. Sous les yeux de tant de témoins, en préfence d'une multitude auffi facile à céder aux impreffions qu'on lui communique, la plus légère imprudence pouvoit indifpofer les efprits. Dans le plan des travaux d'ailleurs, entroit la deftruction de plufieurs places où d'honnêtes Citoyens, peu fortunés, venoient chercher un afyle parmi les morts, dans cette lugubre retraite. Des murmures élevés à l'occafion de ces déplacemens, pouvoient devenir un nouveau germe d'indifpofition générale. Ajoutons que cette enceinte, qui receloit dans fon fein plufieurs des antiquités les plus curieufes & les plus intéreffantes de la Capitale, ne pouvoit être dénaturée qu'avec de grandes précautions.

Mais c'étoit fur-tout relativement aux dangers pour la falubrité de l'air, tant redoutés dans de femblables occafions, que les craintes devenoient exceffives. L'accident furvenu dans quelques-unes des maifons de la rue de la Lingerie, pouvoit,

parmi le peuple de ce quartier, renouveller d'anciennes al-
larmes. Suivant le compte qu'en avoit rendu un Phyſicien
recommandable (1), le méphitiſme qui s'étoit dégagé d'une
des foſſes voiſines du Cimetière, avoit infecté toutes les caves.
On comparoit aux poiſons les plus ſubtils, à ceux dont les
ſauvages impreignent leurs fléches meurtrières, la terrible activité de cette émanation. Les murs baignés de l'humidité
dont elle les pénétroit, pouvoient communiquer, diſoit-on,
par le ſeul attouchement, les accidens les plus redoutables.
Cinq années, il eſt vrai, s'étoient écoulées depuis cette
époque, & tout accès au Cimetière, pendant cet intervale,
avoit été interdit. Mais que pouvoit avoir opéré un tems
auſſi court contre un principe de mort d'une activité auſſi
funeſte ? La même inſalubrité ſembloit avoir été remarquée
à l'ouverture de l'un des caveaux de l'intérieur du Cimetière.
Cependant les opérations devoient exiger d'en ouvrir plus de
quatre-vingt. Le nombre des corps dépoſés dans cette enceinte,
& qui en avoient ſoulevé le ſol de pluſieurs pieds, excédoit
d'ailleurs toutes meſures & ne pouvoit ſe calculer. Depuis
1186, que le Cimetière déja très-ancien, avoit été enclos de
murs par Philippe-Auguſte (2), il n'avoit ceſſé de ſervir de
lieu de ſépulture pour le plus grand nombre des Paroiſſes (3).

---

(1) *Mémoire Hiſtorique & Phyſique ſur le Cimetière des Saints Innocens*, par M.
Cadet de Vaux, &c. Lu à l'Académie Royale des Sciences en 1781. *Extrait du Journal
de Phyſique*, Juin 1783.

(2) Il occupoit alors une partie du lieu nommé les *Champeaux* ; avant la conſtruc-
tion de ces murs, il étoit ouvert à tous paſſans, aux hommes comme aux bêtes. Voyez
Felibien, *Hiſtoire de Paris*, Tom. I. pag. 209. Ce paſſage apprend qu'on enterroit
dans ce Cimetière avant 1186.

(3) Il ſervoit aux ſépultures de plus de vingt Paroiſſes. Celles de Saint-Germain-

La multitude de morts apportés de tant de lieux, avoit toujours été très-confidérable (1), & plus de quatre-vingt-dix mille y avoient été, pendant l'efpace de moins de trente années, dépofés par le dernier Foffoyeur (2). Ainfi preffés & amoncelés, ces milliers de cadavres occupoient une furface de plus de 1700 toifes quarrées. Entaffés pour la majeure partie dans des foffes communes de vingt-cinq à trente pieds de profondeur (3), où l'ufage étoit de les accumuler au nombre de 12 à 1500; c'étoit autant de vaftes foyers de corruption que contenoit cette enceinte. Cependant le fol gonflé par ces dépôts fi nombreux, excédoit de plus de huit à dix pieds le niveau des rues, avec lequel il falloit parvenir à l'accorder, & cette opération ne devoit permettre de refpecter aucune des fépultures. On pourroit ajouter, fi cette crainte devoit être comptée parmi celles dont l'homme ne fe trouve déja qu'en trop grand nombre environné, que le Cimetière, où fe portoient également une partie des morts de l'Hôtel-Dieu, & les cadavres de la baffe Géole; qui fervoit principalement aux fépultures de cette partie du peuple, fur laquelle féviffent pour l'ordinaire les fléaux les plus contagieux &

---

l'Auxerrois, de Saint-Euftache, de Saint-Jacques de la Boucherie, de Saint - Leu - Saint-Gilles, de Saint-Pierre-des-Arcis, de Sainte-Croix en la Cité, de Saint-Pierre-aux-Bœufs, de la Magdeleine de la Cité, de Sainte-Geneviève-des-Ardens, de Saint-Chriftophe, de Saint-Médéric, de Saint-Barthelemy, de Saint-Germain-le-Vieil, de Saint-Joffe, de Sainte-Opportune, des Saints Innocens, du Saint-Efprit, de Sainte-Catherine, & de Saint-Jean du Louvre, y faifoient tranfporter leurs morts.

(1) Elle montoit depuis long-tems de 2500 à 3000.

(2) François Poutrain, homme très-expérimenté dans fon art, & dont les connoiffances locales nous ont été d'une grande utilité.

(3) Prefque tous les corps étoient dépofés dans ces grandes foffes, le nombre des fépultures particulieres ne montant ordinairement qu'à 150 ou 200 par an.

les plus deftructeurs ; qu'on avoit employé enfin dans des temps marqués par des épidémies défaftreufes & cruelles, devoit laiffer craindre les exhalaifons les plus dangereufes, fi les principes de la contagion, furvivant aux victimes des maladies qui les ont fait naître, s'attachent encore aux émanations qu'elles répandent après la mort. D'ailleurs nulle interruption n'avoit eu lieu dans les fépultures de l'Eglife. Des corps récemment inhumés, repofoient dans fes parvis. Enfin d'innombrables milliers d'offemens, fucceffivement rejettés du fein de cette terre, qui depuis long-temps raffafiée de funérailles, s'ouvroit encore chaque jour pour s'en pénétrer de nouveau, étoient entaffés fous les toîts des Charniers, & contenoient les débris de plufieurs générations que le tems avoit englouties.

Tel étoit donc l'état qu'offroit cette lugubre demeure ; une immenfe multitude de morts, accumulés depuis des fiècles ; un emplacement confidérable, rempli par de vaftes amas de cadavres, & vacillant fur ces triftes débris ; des corps dépofés jufques dans la couche de terre, qui recouvroit à peine à la furface ces gouffres nombreux & profonds ; les portiques eux-mêmes jonchés de ces froides dépouilles, difputant aux vivans ce fol qui leur fuffifoit à peine ; les arcades occupées par des caveaux funéraires ; des tombes creufées encore au milieu du Cimetière ; des Sépultures multipliées & preffées au pié des croix ; l'intérieur de l'Eglife, malgré la majefté du lieu, fouillé par les funérailles les plus nombreufes & les plus récentes ; la mort enfin avec toutes les fources d'infection occupant tous les points, toutes les furfaces, toutes les profondeurs de cette enceinte.

Aucune efpèce d'entreprife fur un fol pareil ne devoit

paroître

paroître praticable. L'excès du mal infpira affez de courage ; pour ofer tenter d'y remédier. On réfléchit que l'état même des chofes qui pouvoit offrir aux yeux de la multitude, tant de dangers à redouter de la part de l'opération qu'on méditoit, devoit être un moyen de lui faire fentir plus vivement la néceffité de l'entreprendre. C'étoit par la confidération de l'extrême infalubrité du lieu, qu'on pouvoit la lui montrer comme plus impérieufement commandée, & ce témoignage de l'attention du Gouvernement à veiller fur le bien public, devoit la familiarifer avec de femblables difpofitions. On fentoit en même temps tout l'avantage que procureroit l'intervention des Miniftres de la Religion, en mettant cès travaux fous leurs aufpices. Toutes les précautions connues, tous les fecours ufités contre l'infalubrité de l'air, devoient être réunis & employés avec le plus grand foin. Les mêmes attentions devoient être recommandées pour les Monumens ; les mêmes égards devoient avoir lieu pour les poffeffions des plus fimples Particuliers. Il falloit, il eft vrai, que tant d'opérations fuffent fcrupuleufement fuivies dans tous leurs détails, conftàmment furveillées dans tous les momens ; qu'aucunes vues étrangères au bien public ne paruffent en diriger la fuite ; que le défir d'une économie déplacée, ou l'amour d'une vaine gloire ; en cherchant dans l'exécution des travaux le mérite de la célérité, ne paruffent écarter jamais du refpeâ dû au Peuple ; que cependant l'entreprife ne fouffrît aucuns retards préjudiciables au fuccès, aucunes lenteurs qui puffent nuire aux vues de falubrité, que l'on ne devoit jamais facrifier ; que dans l'emploi du pouvoir néceffaire pour éloigner les obftacles ; l'autorité ne fe fît fentir en aucune manière, & ne parût jamais ufurper l'empire de la raifon. Il n'y avoit qu'une extrême

B

follicitude, une grande faveur populaire, qui puſſent ordonner entr'elles & faire adopter tant de différentes meſures; tant de conſidérations diverſes ; de cette réunion de ſoins, devoit dépendre le ſuccès. L'évenement apprendra avec quelle exactitude ce plan a dû être ſuivi.

En effet, c'eſt dans le ſein de la tranquillité & du calme qu'ont été terminées les opérations dont nous avons à rendre compte, & qui ayant été repriſes à différentes époques, & continuées conſtamment chaque fois le jour & la nuit, ont eu plus de ſix mois de durée (1). Pendant cette longue ſuite de travaux, une couche de huit à dix pieds de terre infectée pour la plus grande partie, ſoit des débris des cadavres, ſoit par les immondices des maiſons voiſines, a été enlevée de toute la ſurface du Cimetière & de l'Egliſe, ſur une étendue de deux mille toiſes quarrées ; plus de quatre-vingt caveaux funéraires ont été ouverts & fouillés : quarante à cinquante des foſſes communes ont été creuſées, à huit & dix pieds de profondeur, quelques-unes juſqu'au fond ; & plus de quinze à vingt mille cadavres, appartenans à toutes ſortes d'époques, ont été exhumés avec leurs bières. Exécutées principalement pendant l'hiver, & ayant eu lieu auſſi en grande partie dans les tems des plus grandes chaleurs ; commencées d'abord avec tous les ſoins poſſibles, avec toutes les précautions connues, & continuées preſqu'en entier, ſans en employer pour ainſi dire aucunes, nul danger ne s'eſt manifeſté pendant le cours de ces opérations. Nul accident n'a troublé la tranquillité pu-

(1) Elles ont eu lieu du mois de Décembre 1785, juſqu'au mois de Mai 1786 ; du mois de Décembre de la même année, au mois de Février 1787, & du mois d'Août, au mois d'Octobre ſuivant.

blique. Aucun fpectacle indifcret n'a offenfé les yeux de la multitude, & le plus grand filence a dérobé à la connoiffance de
tous le véritable état d'une opération, dont les principaux
détails ne feront connus que par cette defcription.

Au milieu de tant de foins, on n'a perdu de vue aucune
des confidérations qui devoient diriger les différentes parties
de cette entreprife (1), & le plus grand ordre n'a jamais ceffé
de régner dans les travaux, dont les difpofitions formoient
fouvent un enfemble pittorefque. Le grand nombre de flam-
beaux & de cordons de feux allumés de toutes parts, & répan-
dans une clarté funèbre; fes reflets fur les objets environ-
nans; l'afpect des Croix, des Tombes, des Epitaphes; le
filence de la nuit; le nuage épais de fumée qui environnoit
& couvroit le lieu du travail, & au milieu de laquelle les
ouvriers dont on ne pouvoit diftinguer les opérations, fembloient fe mouvoir comme des Ombres; ces ruines variées
qu'offroient les démolitions des édifices; le bouleverfement du
fol par les exhumations, tout donnoit au lieu de la fcène un
afpect à la fois impofant & lugubre (2). Les cérémonies reli-
gieufes ajoutoient encore à ce fpectacle. Le tranfport des cer-

---

(1) L'utilité des changemens opérés avoit été conftatée par les informations les
plus exactes, (voyez le *Décret de M. l'Archevêque, pour la fuppreffion de l'Eglife &
du Cimetière des Saints-Innocens*, in fol. 50 pages); & par les témoignages de MM.
les Curés de Saint Nicolas-des-Champs, de Saint Severin & de Saint Cofme; de M.
l'Abbé le Noble, Chanoine de Saint-Louis du Louvre; de MM. de Vergennes &
Chevignard, Maîtres des Requêtes; de MM. le Marquis de Mathan, & le Marquis
d'Etampes; de MM. de Caumartin & Pelletier de Morfontaine, anciens Prévôts des
Marchands; de Monfieur de Villedeuil, actuellement Miniftre de Paris, &c. &c.

(2) Plufieurs de ces fcènes qu'ont offertes les travaux, ont été rendues avec la
plus grande expreffion par M. Robert, Peintre du Roi, & d'autres Artiftes de la
première réputation.

cueils, la pompe qui, pour les sépultures les plus distinguées, accompagnoit ces déplacemens, les chars funèbres & les catafalques; ces longues suites de chariots funéraires, chargés d'ossemens, & s'acheminans au déclin du jour, vers le nouvel emplacement préparé hors des murs, pour y déposer ces tristes restes (1); l'aspect de ce lieu souterrain, ses voûtes épaisses qui semblent le séparer du séjour des vivans, le recueillement des assistans, la sombre clarté du lieu, son silence profond, l'épouvantable fracas des ossemens précipités, & roulans avec un bruit que répétoient au loin les voûtes; tout retraçoit dans ces momens l'image de la mort, & sembloit offrir aux yeux le spectacle de la destruction. Les Ministres de la Religion présidoient à ces différentes opérations (2). C'est ainsi que dans la plus grande activité des travaux, on ne s'est jamais écarté du respect que l'on doit aux morts. En même tems, on a donné aux Monumens toute l'attention que leur antiquité, ou leurs formes ont paru mériter. La Fontaine si célèbre par le ciseau de Jean Goujon (3); cette Statue de la

(1) Le Cimetière souterrain, établi à cet effet dans les carrières de la plaine de Montrouge. Ce lieu que les travaux du Gouvernement ont rendu digne de la curiosité publique, seroit propre à former des catacombes. Le Cimetière intérieur qu'on y a pratiqué, est destiné à servir de dépôt général pour les ossemens des différens Cimetières de la Capitale. On devra encore à M. de Crosne, ce nouvel ordre de choses qui fera cesser l'usage si peu tolérable des Charniers des diverses Paroisses. Dans une partie de l'emplacement qui répond au Cimetière souterrain, on en a formé un extérieur, où toutes les Epitaphes, les Croix, les Cercueils du Cimetière & de l'Eglise des Saints Innocens, qui n'avoient pas de destination particulière, ont été déposés. Ce lieu est situé à la Tombe Isoire.

(2) M. l'Abbé Mottet, Promoteur, M. l'Abbé Mayet, Vice-Promoteur, & M. l'Abbé Asseline, Grand-Vicaire, qui ont rempli avec le plus grand zèle les fonctions que M. l'Archevêque leur avoit confiées.

(3) La Fontaine des Innocens. Elle a été transportée par les soins de MM.

mort dont on eft redevable aux talens d'un Artifte du même fiècle, non moins recommandable (1) ; ces Croix fi élégantes, & qui offroient les formes les plus variées, ou fi fameufes, & qui telles que la *Croix Gâtines*, rappellent des tems de difcorde & de fanatifme (2) ; cette Tour antique dont aucun fouvenir ne retrace l'origine & n'apprend la deftination (3) ; ces Cercueils de pierre, avec des Caffolettes à l'intérieur (4), trouvés à de grandes profondeurs, dans une couche de terre qui paroît avoir été dans les premiers tems à la furface du Cimetière ; cette fépulture fameufe élevée à la mémoire d'une époufe chérie, par Nicolas Flamel, qui plus éclairé que fon fiècle, avoit fans le fecours de la pierre philofophale, ni le fecret du grand œuvre, trouvé l'art de s'enrichir dans fa fupériorité de lumières fur fes Contemporains (5) ; tant de monumens de la piété de nos peres, dont le refpeét pour cette dernière demeure les avoit portés à l'orner de toutes les produétions que pouvoient créer les Arts dans des tems fi Gothiques ; ces traces de l'ancienne étendue du local, qui s'offrent encore à de grandes profondeurs, dans les offemens humains qu'on retrouve fous les fondations des maifons & des

les Officiers municipaux, & de M. Poyet, Architeéte de la Ville, au milieu de la nouvelle Place.

(1) Germain Pilon. Cette Statue eft maintenant dans l'Eglife Notre-Dame.

(2) Elle avoit été d'abord élevée fur la Place du même nom.

(3) On ne trouve rien de fatisfaifant à ce fujet, dans les divers Hiftoriens de Paris, *Sauval*, *Felibien*, *Piganiol de la Force*, *l'Abbé Lebeuf*, &c. &c.

(4) Ils paroiffent fe rapprocher des *Tombeaux de Civaux*, décrits par le Pere R... Jéfuite ; *Recherches fur la manière d'inhumer des anciens*. Poitiers, 1738, *in-11*.

(5) Ce monument a été dépofé dans l'Eglife Saint-Jacques de la Boucherie. On fait à combien de contes abfurdes fur l'Alchymie il avoit donné lieu. Voyez *Hiftoire critique de Nicolas Flamel & de Pernelle fa femme*, Paris, 1761, *in-12*.

rues voifines (1) ; enfin cette multitude d'épitaphes ; vains monumens de l'orgueil de l'homme , tout a été recueilli avec attention ou deffiné avec foin (2). On n'a rien négligé d'ailleurs de ce qui devoit intéreffer la falubrité du lieu , en le deftinant à des ufages publics (3). Des maffifs folides ont été établis fur chacune des foffes ouvertes ; la définfection la plus complette à eu lieu dans toute l'étendue de l'emplacement ; une couche d'un ciment épais , & propre à intercepter toutes les émanations en a confolidé la furface ; l'accès en a été ouvert de toutes parts au fouffle des vents ; des précautions ont été prifes pour y amener une fource d'eau intariffable , qui y répande la falubrité & la fraîcheur ; un plan figuratif du terrein a été tracé , avec l'indication des foffes & des excavations, pour ne rien laiffer à defirer fur l'état fouterrain du fol ; enfin toutes les attentions que pouvoient exiger les dé‑ placemens & la fuppreffion des habitations voifines ; ayant été obfervées avec fcrupule (4), le bien public a été opéré ; fans porter aucune atteinte aux intérêts particuliers , & nulle plainte ne s'eft fait entendre au milieu de l'allégreffe gé‑ nérale.

Tant de travaux ne pouvoient manquer d'offrir des réful‑

---

(1) Nous en avons trouvé fous les fondations de la nouvelle Halle-aux-Draps, monu‑ ment qui devra à M. de Crofne , fa dernière perfection.

(2) Les deffins des monumens feront dus à MM. Cochin & Choffard, dont la célé‑ brité eft fi juftement acquife.

(3) La conduite des travaux avoit été confiée à deux Artiftes , non moins re‑ commandables par l'amitié qui les unit , que par leurs talens, MM. Le Grand & Molinos, Architectes.

(4) Le bon ordre a été entretenu par la vigilance de M. le Commiffaire Setreau ; & des différens Prépofés de Police.

tats pour la science ; & leur utilité sous ce rapport pouvoit seule attacher quelqu'attrait à ces opérations pénibles & lugubres. La Société à laquelle il n'a manqué aucun des secours qu'elle pouvoit défirer pour multiplier fes recherches, n'a pas cru devoir négliger une source aussi féconde d'expérience & d'instruction. Dans ces immenses amas d'offemens offerts à nos regards (1), soit dans de vastes dépôts où ils étoient expofés ou souftraits à toutes les viciffitudes de l'air, soit épars dans l'épaiffeur du fol, ou renfermés dans des tombeaux antiques ; préfentans d'ailleurs depuis les fépultures les plus récentes jusqu'à celles qui paroiffoient les plus anciennes, une fuite de dégradations fucceffives, quelle occafion ne s'offroit pas de voir réunis & d'embraffer d'un feul coup-d'œil toutes les traces, tous les degrés de la marche fi lente de la deftruction, fur ces parties dont la durée paroiffoit être éternelle ? Quelle variété d'ailleurs d'altérations & de maladies dans les formes, dans la texture, ne devoit-on pas remarquer ? Une pareille fource d'obfervations ne pouvoit être négligée, & avec le fecours de quelques aides intelligens, la plus nombreuse Collection de pièces rares en ce genre (2), eft fortie de ces immenfes dépôts, que l'on

(1) En ne prenant que le nombre de 1000, pour le nombre commun des morts inhumés par an au Cimetière, il en auroit reçu 100,000 par fiècle, & ce local ayant fervi depuis 1186, à des fépultures très-nombreufes, on peut calculer que le nombre des morts qu'on y a portés depuis cette époque, a excédé de beaucoup celui de 600,000, c'eft-à-dire, de la population actuelle de Paris. C'étoient les offemens de tant de morts, qui étoient entaffés dans les Charniers & autres dépôts. Quelques effais que j'ai répétés en faifant charger les chariots, lors du tranfport des offemens, ont confirmé ces calculs.

(2) Je rendrai compte des altérations les plus remarquables, que renferme cette collection de maladies des os, que je conferve avec foin.

n'a pas cru devoir laiſſer déplacer ; ſans les ſoumettre au plus ſcrupuleux examen.

Des variétés non moins nombreuſes, ſe ſont offertes dans l'état des corps, depuis le cadavre à peine confié de la veille à la terre, juſqu'à ces triſtes reſtes encore ſubſiſtans dans le ſein de quelques ſépultures antiques, reconnoiſſables aux marques de leur âge, ou depuis des ſiècles la mort n'avoit encore pu dévorer en entier ſa proie. Des corps récemment dépoſés dans l'Egliſe, ou nulle interruption n'avoit eu lieu pour les cérémonies funéraires ; ceux des ſépultures du Cimetière, qui au-delà d'un intervalle de cinq années, remontoient par une gradation bien tracée, juſqu'aux tems les plus éloignés ; les variétés de ſépultures pour ces corps ſi nombreux, les uns amoncelés & confondus dans les foſſes communes ; les autres giſſans ſéparés ſous une humble couche de terre, ſoit dans des lieux abrités, ſoit dans le terrein découvert ; ou pourriſſans orgueilleuſement à part dans des cercueils de métal & ſous des voûtes ſouterraines ; toutes les nuances de la deſtruction, toutes les métamorphoſes de la mort raſſemblées, depuis le corps qui ſe diſſout & ſe putréfie, juſqu'à ceux plus privilégiés qui ſe changent en momies ſèches ou fibreuſes (1), & juſqu'aux ſquelettes décharnés, réduits en oſſemens poudreux, quel champ plus vaſte pouvoit s'offrir à nos obſervations ?

Mais au milieu de ces objets ſur leſquels nos regards s'étoient fixés d'avance, un phénomène de l'eſpèce la plus étrange devoit nous ſurprendre & nous occuper. Dans ces vaſtes

_____

(1) Tous les corps que l'on a trouvés changés en momies ont été conſervés, & ſont partie de la collection dont on vient de parler.

dépôts formés par les foffes communes ; la deftruction avoit établi un ordre de chofes particulier. Là, comme dans les fépultures éparfes à la furface du fol, elle ne fembloit point dérober fes traces. Tout annonçoit au contraire qu'elle s'y étoit occupée à les multiplier & les fixer. Les cercueils confervés dans toutes leurs dimenfions & leur folidité ; la terre qui les environnoit, empreinte d'une couleur noire très-intenfe ; atteftoient la lenteur de la décompofition dernière. A l'exception de cette teinte dont elles étoient falies extérieurement ; les bières avoient confervé leur fraîcheur. A l'intérieur on reconnoiffoit la couleur naturelle de la fubftance dont elles étoient formées. Le même degré de confervation fe remarquoit fur les linceuls. Les corps eux-mêmes n'ayant rien perdu de leur volume, & paroiffans enveloppés de leur voile, fous la forme de *Larves* (1), ne fembloient avoir éprouvé aucune altération. En déchirant l'enveloppe funèbre, on voyoit que leurs chairs s'étoient confervées ; le feul changement qu'on y appercevoit confiftant en ce qu'elles étoient comme changées en une maffe ou matière mollaffe, dont la blancheur, encore relevée aux lumières par la teinte noire du fol, paroiffoit plus éclatante (2).

La première idée qui s'offrit à cette vue, fut de penfer qu'une couche de chaux avoit été répandue fur ces corps.

---

(1) C'eft le nom que les anciens donnoient quelquefois aux morts, & fur-tout à ces fimulacres, que dans les apparitions on croyoit voir fortir des tombeaux. *Larvæ fepulchrales.*

(2) Les corps étoient dépofés dans ces foffes, ainfi que nous l'avons dit, au nombre de 12 à 1500, & l'attention à ménager le terrein, engageoit les foffoyeurs à placer les cercueils les uns fur les autres, fans aucune couche de terre interpofée entr'eux.

Mais en examinant leur état avec attention, cette erreur fut promptement dissipée (1), & l'on reconnut toutes les parties molles converties en une substance pulpeuse , le plus souvent très-solide, d'une blancheur plus ou moins pure, déja connue sous le nom de *gras* par les fossoyeurs ; n'ayant plus de tissu fibreux ; s'écrasant sous les doigts , où elle paroît onctueuse & comme savonneuse au toucher ; se durcissant à l'air sec , où elle prend quelquefois un poli luisant, & une sorte d'éclat métallique ; susceptible de se ramollir à l'air humide, où elle se couvre de moisissures très-abondantes, & qui offrent les couleurs les plus vives & les plus variées ; formée à l'extérieur par la peau , dont on reconnoît le tissu grenu, & embrassant toute l'épaisseur du corps adipeux, ou de la couche de graisse placée au-dessous , qui se change en gras de la plus grande blancheur, d'une consistance serrée & compacte ; offrant ensuite une masse alvéolaire, quelquefois très-rare, très-spongieuse , très-légère , qui paroît correspondre au tissu cellulaire, & dans l'épaisseur de laquelle on distingue long-tems toutes les couches des muscles, toutes les divisions des faisceaux qui les forment , toutes les directions de leurs fibres , comme empreintes & ombrées en traces fugitives & légères d'un brun rougeâtre très-clair.

En général, ces masses ont tous les contours des membres ; elles en présentent toutes les formes. C'est une sorte de momification d'une espèce nouvelle & très-remarquable, qui rend à l'aide de quelques soins, les corps susceptibles

---

(1) J'avois de plus remarqué que la matière pulpeuse, qu'on ne pouvoit mieux comparer qu'au *fromage-blanc*, ne s'offrant qu'à l'intérieur du linceul, il auroit fallu que la chaux y eût été placée. Je reconnus ainsi bientôt la nature de cette substance.

de se conserver. Parmi ceux que l'on a trouvés le plus parfaitement transformés , & qui font partie de la collection réunie pour conserver l'histoire de ce phénomène (1), plusieurs se sont gardés depuis trois ans, sans avoir éprouvé d'altération. Ces momies mémorables offrent tous les linéamens de la figure, tous les traits de la physionomie & du visage. Les yeux y sont conservés, ainsi que le volume, l'embonpoint, les cheveux, les cils, les sourcils, les paupières. Ce n'est point un changement borné à la surface ; il a lieu également dans toute l'épaisseur des chairs. Il se remarque aussi dans les cavités, où l'on voit la plupart des viscères conservés sous la même forme. La même substance s'offre aussi à l'intérieur des os , où elle occupe tous les épanouissemens, toutes les divisions de la membrane médullaire , & jusqu'aux cellules du tissu alvéolaire ou du diploë.

Cependant quelque active, quelque profonde que paroisse cette transmutation, elle trouve plusieurs parties réfractaires. Tels sont les cheveux, les ongles, qui se conservent intacts ; les os , dont les cellules les plus minces, les lames les plus délicates résistent inaltérables & pures, au milieu de ce changement qui fond les muscles, les ligamens, les tendons, & qui dénature jusqu'aux cartilages. Tels sont encore certains principes colorans, tels que celui de la bile, celui des glandes bronchiques, le *pigmentum* de la choroïde , la partie rouge du sang, & peut-être aussi la substance propre des muscles, dont on retrouve, ainsi que des autres principes que nous venons de nommer, la couleur longtems durable, & quel-

_____

(1) Cette collection que j'ai formée, contient des corps dans les différens états que ce phénomène a présentés.

C 2

quefois même survivant à la matière du gras, dans les maſſes de cette fubſtance, que ces principes peuvent pénétrer
de la teinte qui leur eſt propre.

Mais ces parties exceptées, cette transformation ſoumet
en entier toutes les autres ; la peau, le corps adipeux, les
membranes, les muſcles, & les organes en plus ou moins
grande partie ; les cartilages, les parties glanduleuſes, ten-
dineuſes, ligamenteuſes & aponévrotiques ; enfin la matière
même des fluides, comme nous aurons occaſion de le faire
remarquer.

En général, les parties les plus ſuſceptibles de cette tranſ-
formation, ſont les parties adipeuſes, & les parties membraneuſes ou lymphatiques. On ne peut élever aucun doute relativement aux premières, qui paſſent à cet état très-manifeſtement, & qui paroiſſent même former le gras par excel-
lence & le plus pur. On ne peut balancer auſſi relativement
aux parties lymphatiques ou membraneuſes, dont on voit
des portions conſidérables converties en gras, dans le tiſſu de
la peau le plus complétement dénué de graiſſe ; dans le tiſſu
cellulaire de tout le corps ; dans ces expanſions membraneuſes qui tapiſſent toutes les cavités, celles ſur-tout de la bou-
che, les antres d'hygmore, les ſinuoſités & les contours ſi
variés, les anfractuoſités ſi nombreuſes, & d'une ſurface ſi
étendue de l'arrière-bouche & des narines ; dans les cartilages que l'on trouve en grand nombre ſoumis à ce changement ; enfin dans les vaiſſeaux ſanguins de différens organes, ceux ſur-tout du foie que l'on obſerve ſouvent tranſ-
formés, au milieu de la ſubſtance de ce viſcère qui n'a encore
ſubi aucune altération.

Quant à la matière glutineuſe ou ſubſtance propre des muſcles ou des chairs (1), fi l'on réfléchit qu'ils font en plus grande partie formés par un tiffu cellulaire & vafculeux très-abondant, très-folide & très-ferré, qui en fait la bafe ou le parenchyme, ne peut-on pas demander fi ce n'eft pas uniquement par ce tiffu qu'ils paffent à l'état de gras ? Et cette préfomption n'acquiert-elle pas quelque force en obfervant que les mufcles en fe convertiffant en cet état, perdent une grande partie de leur denfité, tandis que les parties membraneufes, ou purement lymphatiques ne paroiffent pas en perdre notablement ; lorfqu'on remarque de plus que la matière glutineufe ou propre des mufcles, qui paroît colorer les maffes de la nouvelle fubftance dans lefquelles ils fe changent, s'affoiblit & diminue de plus en plus à la longue ; qu'une portion qui furvit à leur deftruction même, paroît refter comme un réfidu qui étoit étranger à leur compofition ; lorfqu'enfin on obferve que les enfans qui abondent tellement en fucs lymphatiques & graiffeux, tandis qu'ils ont fi peu de matière glutineufe, confervent, en paffant au même état, proportionnellement plus de leur volume & de ces formes arrondies (2), d'où naiffent les graces du corps dans cet âge tendre.

---

(1) Voyez *Mémoire fur la nature des fibres charnues ou mufculaires, & fur le fiége de l'irritabilité*, par M. de Fourcroy, *vol. de la Société*, ann. 1785, pag. 509. M. de Fourcroy penfe que la matière glutineufe, ou *végéto-animale*, qu'on a découvert dans la fubftance du froment, eft la même que la partie fibreufe du fang, qu'elle forme le tiffu propre du mufcle, & que c'eft en elle que réfide la propriété irritable, lorfqu'elle a été dépofée dans les cellules de l'organe contractile.

(2) On remarque ainfi fur quelques enfans que j'ai trouvés, les formes les plus naturelles parfaitement confervées.

Si la transformation paroît s'opérer dans les muſcles ou la ſubſtance propre des chairs, il y a donc tout lieu de croire que c'eſt par les ſucs graiſſeux & lymphatiques qu'elle s'y établit. En général, c'eſt à raiſon de la quantité de ces deux principes, & de la denſité du tiſſu qu'ils forment, que les parties paſſent à l'état de gras, & qu'elles conſervent, en y paſſant, les formes qui leur ſont particulières. On en a la preuve, ſur-tout dans la transformation des différens viſcères. Ainſi, le cerveau, le cœur, le foie, qui forment des maſſes plus ſolides, ſe changent preſque complettement en gras, & ne perdent rien de leur volume, tandis que la ſubſtance ſi ſpongieuſe, & preſque toute véſiculaire des poumons, & les expanſions ſi multipliées des inteſtins, ne laiſſent après leur tranſmutation que quelques feuillets, quelques veſtiges de la matière du gras, ſans ſolidité ni conſiſtance. Les organes éminemment vaſculaires ſont donc ceux après leſquels il reſte le moins de traces de cette ſubſtance. La perte de leurs parties fluides en eſt la cauſe principale ; quoique, ainſi que nous venons de le dire, ces dernières cependant ne ſoient pas tout-à-fait dépourvues de principes ſuſceptibles de paſſer à l'état de gras. Telle eſt très-manifeſtement, en effet, l'origine de ces maſſes de forme ovoïde (1), très-denſes & très-ſolides qu'on rencontre quelquefois dans un des côtés du thorax, & qui paroiſſant en avoir occupé toutes les dimenſions, offrant à leurs ſurfaces des empreintes très-évidentes des côtes, ne peuvent être que la ſuite d'un engorgement très-conſidérable de l'un

---

(1) Je conſerve pluſieurs de ces maſſes ovoïdes, qui m'ont paru mériter la plus grande attention.

des lobes du poumon fortement pénétré, & diſtendu par une congeſtion de ſucs épais & lymphatiques.

Cette matière qui forme le gras, différant ſi eſſentiellement de toutes les parties qui entrent dans la compoſition de l'économie animale, il étoit important d'en connoître la nature. Soumiſe aux recherches chymiques les plus variées (1), elle a préſenté les phénomènes ſuivans. Chauffée juſqu'à l'ébullition avec le contact de l'air, elle s'enflamme & brûle rapidement. Le charbon qu'elle donne eſt peu abondant, difficile à incinérer, & on y trouve de l'acide phoſphorique, combiné avec la ſoude & la chaux. En la tenant fondue quelque tems, ou ſi l'on y ajoute à froid de la chaux vive, il s'en exhale des vapeurs piquantes d'*ammoniaque*, ou d'alkali volatil. La diſtillation fournit d'ailleurs ce ſel dès la première impreſſion de la chaleur.

L'opinion que ſes propriétés extérieures donnent ſur ſa nature graſſe & huileuſe, eſt bientôt détruite par les eſſais avec l'eau. Elle s'unit très-facilement avec ce fluide. Cette diſſolution eſt opaque; elle mouſſe fortement par l'agitation; elle paſſe trouble par le papier : en un mot, elle a tous les caractères d'un véritable ſavon. Les acides, les ſels calcaires, & les diſſolutions métalliques la décompoſent, en formant des précipités abondans, & en floccons indiſſolubles. Pour connoître les principes de cette ſingulière ſubſtance ſavonneuſe, & la nature de l'huile, ainſi que celle de la matière ſaline qui la conſtituent, les acides peuvent être employés avec

---

(1) L'un de nous (M. de Fourcroy) a été particuliérement chargé de cette partie de notre travail. Ce qui ſuit, eſt extrait du Mémoire dans lequel il a rendu compte de ſes recherches dans la ſéance publique de la Société, du Mardi 3 Mars dernier.

fuccès. Mêlés avec cette fubftance ; ils en féparent
une grande quantité de grumeaux, qui ceffent d'être diffo-
lubles dans l'eau. En filtrant ces mêlanges, il paffe des
liqueurs un peu colorées, qui, par une évaporation bien
ménagée, donnent des fels ammoniacaux. Ainfi l'ammoniaque,
ou alkali volatil que l'action de la chaleur & de la chaux
vive avoient déja indiqué dans cette fubftance, eft le principe qui met l'huile dans l'état favonneux, & ce favon eft
vraiment ammoniacal, ou à bafe d'alkali volatil.

La diffolution de ce favon dans l'eau employée en très grande
quantité, peut fervir avantageufement pour trouver dans cette
fubftance quelques matières falines, que l'action des acides ne
peut y démontrer. En filtrant cette diffolution, qui ne paffe
que très - difficilement & avec beaucoup de lenteur par le
papier, on obtient une liqueur d'un jaune - brun, qui devient
d'un rouge foncé à l'air, & qui donne un précipité blanc par
l'eau de chaux, & un précipité rofe par le nitrate de mercure.
Évaporée lentement, cette même diffolution donne une petite quantité de fel, qu'il eft facile de reconnoître pour un
mêlange de phofphate ammoniacal, & de phofphate de foude.
Il s'en fépare auffi, pendant le progrès de l'évaporation, un
peu de phofphate calcaire, ou de fel terreux, qui fait la bafe
folide des os. Enfin, la même expérience fait découvrir dans
ce favon un peu de matière extractive, femblable à celle qu'on
retire de la chair ou des mufcles.

On voit par cette analyfe que la fubftance blanche, qui eft
le produit des altérations qu'éprouvent les parties molles des
corps dépofés dans la terre, par les progrès de la décompofition que la nature y opère ; eft un favon ammoniacal, mêlé

d'une

d'une petite quantité de fubftance extractive, & des trois fels phofphoriques que l'on retrouve aujourd'hui prefque dans toutes les matières animales.

La bafe huileufe de ce favon ammoniacal, féparée par les acides, eft une matière concrète, d'une couleur grife-jaunâtre, un peu plus fufible que la cire. Lorfqu'on la laiffe refroidir lentement, après l'avoir fait fondre, elle fe cryftallife en lames brillantes. Les alkalis fixes & l'ammoniaque la convertiffent en un favon folide. Si on la purifie par plufieurs fufions, à une chaleur très-douce; & fi on la filtre à travers un linge clair, on l'obtient, après fon refroidiffement, fous une forme affez sèche, & jouiffant d'une demi-tranfparence. Elle ne fe ramollit point uniformément, & n'eft pas ductile fous les doigts, comme la cire; mais elle s'écrafe en petites lames douces & graffes au toucher, comme le blanc de baleine, avec lequel elle a la plus grande analogie. En effet, elle fe cryftallife comme ce dernier; elle fe diffout même plus que lui, dans l'alcohol chaud; une partie fe fépare de ce diffolvant, à mefure qu'il fe refroidit : dans ces précipitations, elle prend la forme de petites lames brillantes.

Après avoir purifié & féparé plufieurs livres de cette huile animale concrète, & après avoir reconnu par tous les effais précédens fon analogie avec le blanc de baleine, on a cherché les moyens de la blanchir. L'acide muriatique oxigené n'en a prefque point changé la nuance, & lui a toujours laiffé une couleur jaunâtre, ou gris-de-lin. L'acide nitrique lui a donné une couleur jaune plus décidée que celle qui eft propre à cette matière. L'acide fulfureux eft celui qui a le mieux réuffi. Mais on n'a pu parvenir à la rendre d'un blanc

D

auffi beau & auffi éclatant que celui du blanc de baleine, avec lequel on fait des bougies demi - tranfparentes.

Maintenant, fi l'on cherche à connoître comment s'opère la production de cette fubftance graffe favonneufe, & celle des deux principes qui la conftituent, on eft porté à croire qu'elle eft une modification particulière de l'altération putride qu'éprouvent les corps dans le fein de la terre. La décompofition de l'eau paroît être la première fource de tous ces phénomènes. De l'union de l'azote avec l'hydrogène réfulte, par le progrès de la putréfaction, l'ammoniaque ou l'alkali volatil. La fixation d'une plus grande proportion d'hydrogène, & peut-être celle d'une certaine quantité d'oxigène donnent naiffance à la fubftance graffe ou huileufe, que fon union avec l'alkali volatil fait paffer bientôt à l'état favonneux. Ainfi, cette fingulière converfion des parties molles des corps dépofés en grandes maffes dans la terre, feroit le produit du mouvement feptique qui les détruit, & ce feroit à cette caufe qu'il faudroit attribuer les altérations que préfente cette décompofition lente.

Mais cette transformation apparente qui donne au tiffu des parties qui s'altèrent ainfi après la mort, un caractère fi analogue à la cire, ou plutôt à la matière du blanc de baleine, n'en eft peut-être pas une véritable. On fait que ce produit du genre des graiffes animales, n'eft point étranger à l'économie animale vivante. Il exifte en très - grandes maffes, dans les cavités du cerveau de la baleine, & fe diftribue par des vaiffeaux très - multipliés, dans toutes les parties de ce gigantefque & monftrueux animal. On retrouve cette même fubftance dans la bile, où elle a été prife jufqu'à ces derniers tems pour une réfine. Elle forme quelquefois, par fa furabondance dans le foie, des concrétions volumineufes & légères, qui offrent à l'intérieur la forme propre au blanc de baleine le plus pur. On l'a trouvée même quelquefois épanchée & à nud dans le tiffu de ce vifcère defféché à l'air (1). Quelques recher-ches particulières ont appris qu'on peut l'extraire abon-damment du cerveau de l'homme & de tous les animaux (2). Mais fi cette fubftance exifte déja formée dans l'animal vi-vant, pourquoi l'attribueroit-on au mouvement de deftruc-tion & de putréfaction, lorfqu'elle paroît après la mort? Si dans les corps du Cimetière on a trouvé cette matière ré-duite à l'état de favon, & unie à une certaine quantité d'al-

---

(1) Ce n'eft que tout récemment que la découverte de cette fubftance a été faite dans le corps humain vivant. M. Vicq-d'Azyr, l'un de nous, a décrit la forme de ces concrétions biliaires formées par une fubftance inflammable, cryftalline & comme talqueufe, analogue à la matière du blanc de baleine. (*Vol. de la Société, année 1779, pag. 221 de l'Hiftoire*). M. de Fourcroy en a le premier déterminé la nature, & l'a reconnue pour être le principe de la prétendue réfine de la bile. (*Élémens d'hiftoire naturelle & de Chymie, tom. 4, pag. 449. 1789*). Antérieurement à ces apperçus, M. Poulletier de la Salle, Maître des Réquêtes honoraire, amateur éclairé des fciences phyfiques, l'un de nos Coopérateurs dans les travaux dont nous rendons compte, & dont la Société regrettera long-tems la perte, avoit découvert cette fubftance dans les calculs biliaires, d'où il l'avoit féparée par l'efprit-de-vin fous la forme d'une fubf-tance blanche, cryftalline, analogue au talc, & dans un foie humain defféché à l'air, où il l'avoit laiffé expofé pendant un grand nombre d'années. Ce foie s'y étoit changé en une maffe blanche, pulvérulente & comme terreufe, affez femblable à l'agaric, & qui lui donna ainfi qu'à M. de Fourcroy, de la matière du blanc de baleine pur, en l'expofant à une douce chaleur.

(2) Je rendrai compte en particulier des recherches qui m'ont paru indiquer ce ré-fultat, & qui m'ont fait annoncer que cette matière eft celle qui forme dans l'homme & dans les animaux la fubftance propre du cerveau.

kali volatil, qui ne peut être que le produit d'une putréfaction avancée, cette putréfaction & la formation de l'alkali
volatil, n'ont-ils pas pu s'opérer feules, & la matière du
gras antérieurement exiftante, ne fubir d'autre changement
que celui de s'unir à une fubftance alkaline, qui dans l'état
ordinaire n'étoit pas formée ? Auffi ne trouve-t-on pas dans
le corps vivant, le blanc de baleine dans une pareille union ?
S'il paroît approcher de cet état dans la bile, il y eft dif-
fous par un alkali fixe minéral. Dans les concrétions du foie,
il eft abfolument pur. On pourroit dire, il eft vrai, que la
vie n'étant qu'une tendance à la décompofition putride, qu'une
putréfaction même commencée, mais fans ceffe réprimée &
fufpendue, il feroit poffible que ce fût à ce premier mouvement, mouvement toujours incomplet, que feroit due la
formation du peu de matière *cireufe*, qu'on trouveroit dans
le corps vivant ; que la putréfaction abandonnée à elle-même
après la mort, continueroit cette tranfmutation, qui pendant la vie n'auroit été qu'ébauchée ; & qu'en développant
en même-tems l'alkali volatil, elle réduiroit cette matière à
l'état favonneux. Mais pourquoi l'opinion contraire ne feroit-
elle pas également admiffible ? Cette matière ne peut-elle
pas exifter toute formée dans le corps vivant ? Ne peut-elle
pas y être cachée dans la compofition intime & fi peu connue des humeurs, comme la matière glutineufe l'a été fi
long-tems dans la fubftance du froment & des mufcles ? Ne
peut-on pas croire qu'elle eft un des principes des fucs graiffeux ; que c'eft elle qui donne à la lymphe fa confiftance
plaftique ? N'y a-t-il pas lieu de penfer que cette matière a
un ufage dans l'économie vivante ; qu'elle fe fépare des fucs
qui la contiennent, pour nourrir & réparer le cerveau, dont

elle forme la fubftance ; qu'elle fe dépofe dans les canaux du foie , par lefquels elle s'évacue, lorfquelle devient nui-fible (1) ? Ainfi cette matière formeroit dans l'économie ani-male une nouvelle fecrétion, une excrétion particulière, juf-qu'alors inconnue, & elle ferviroit à déterminer la nature jufqu'à préfent fi parfaitement cachée du cerveau, organe qui ne diffère pas moins des autres parties par fa fubftance, que par fes fonctions, & auquel cette belle expreffion d'Ho-race *Cereus in vitium flecti*, pourroit être au phyfique comme au moral , fi juftement appliquée ?

Mais fi cette cire animale exifte pure & exempte de tout mélange dans l'économie vivante, il n'en eft pas de même dans les corps décompofés après la mort. Elle y eft alors mé-langée avec les produits de la putréfaction ; empreinte par ce mélange d'une couleur qui altère fa blancheur naturelle, fa tranfparence ordinaire, & pénétrée d'une odeur, qui quoi-que très-différente de celle des fubftances putrides , affecte défagréablement les fens. Cependant cet état de fouillure & d'alliage n'eft pas effentiellement inhérent à la matière du gras. Expofée à l'air, & avec le tems, elle fe dépouille infen-fiblement des principes étrangers, qui la dénaturent & la terniffent. Ainfi l'alkali volatil s'exhale de lui-même, & à l'œil feul on diftingue dans les maffes de gras , des parties comme cryftallines, & un peu tranfparentes, qui font du blanc de baleine pur (2). Les fubftances colorantes fe détruifent

---

(1) Il eft poffible auffi que cette matière s'épanche dans le tiffu du foie, ou qu'elle en obftrue les différens canaux plus ou moins complettement , & telle étoit peut-être l'origine de celle qu'on a trouvée dans le foie defféché à l'air par feu M. Poulletier.

(2) C'eft un des réfultats de l'analyfe faite par M. de Fourcroi.

auſſi à la longue, & la matière du gras qui prend alors de la ſéchereſſe, de la ſolidité, & de la blancheur, en perdant en même proportion de l'odeur qui lui eſt particulière, peut ſe conſerver même à l'air, ſans être ſuſceptible de s'y détruire par l'effet de l'humidité. Ce que l'on obſerve en ce genre ſur de petites maſſes, feroit-il poſſible de l'opérer ſur les corps entiers ? Et ne pourroit-on pas parvenir à conſerver les corps ainſi transformés en momies du blanc de baleine le plus pur ? Alors la nature nous auroit dévoilé le ſecret d'une momification très-merveilleuſe, ſupérieure à tout ce qu'ont pu produire juſqu'ici tous les efforts de l'art, toutes les recherches de l'orgueil, toutes les dépenſes & le pouvoir des Rois ; momification préférable à celle dont parle Becker (1), qui s'étant aſſuré que les os pouvoient être réduits en une matière vitreuſe d'une couleur d'opale agréable, & ſenſible aux charmes d'une longue exiſtence, dans le ſouvenir des perſonnes qui lui étoient chères, déſiroit de pouvoir échapper ſous cette forme à la deſtruction qui rompt tous les liens, & anéantit tous les rapports.

La tranſmutation qui opéreroit ce prodige, ne paroît épargner aucun ſexe, aucun âge. Les corps adultes, ceux que la vieilleſſe avoit empreint de tous ſes caractères, ceux que la mort avoit moiſſonnés avant leur parfaite croiſſance, paroiſſoient avoir été également ſoumis à cette transformation. Les chairs ſi tendres des plus jeunes enfans, n'avoient pu échapper à l'activité, ni ſe ſouſtraire à l'étendue de ſon action. Quoiqu'on ne puiſſe indiquer d'une manière préciſe en

---

(1) Phyſicæ ſubterraneæ, lib. 1. Sect. 3. cap. III. pag. 151. Francof. 1669.

quoi peut y contribuer la différente conftitution des corps,
il paroît y avoir cependant fous ce rapport quelques différences remarquables. Cette obfervation n'avoit point échappé
aux foffoyeurs, qui familiers avec toutes les nuances & les
variétés de ce phénomène, annonçoient que les corps chargés de beaucoup d'embonpoint, qui font en même-tems d'une
ftructure forte & robufte, d'un tiffu compact & folide, font
ceux qui ont le plus de propenfion à paffer à l'état gras ;
que les corps très-fecs & très-maigres, fe changent plus particulièrement en momies ; & que ceux qui font cacochymes,
d'un tiffu lâche & humide, fe fondent en eau. Quoique cette
obfervation qui frappe par une grande apparence de vérité,
foit beaucoup trop générale pour devoir être admife fans
reftriction, elle nous a paru très-exacte pour le premier objet, ainfi que nous avons été à portée de le vérifier. La fubftance
propre de la graiffe femble être en effet la plus fufceptible
de cette transformation. C'eft par elle qu'en s'établiffant elle
commence ; c'eft par elle qu'en fe dégradant, elle finit. Dans
les premiers momens mêmes, la matière du gras ne nous
avoit paru être que le corps adipeux légèrement altéré.
Seroit-ce que la fubftance de la graiffe contiendroit plus
particulièrement, dans l'économie vivante, le blanc de baleine tout formé ? La manière d'être qui eft propre à cette
dernière fubftance, ne feroit-elle pas le véritable caractère
de l'huile animale, laquelle exiftante & dans la graiffe &
dans la lymphe, fous une apparence différente & cachée,
ne fe reproduiroit enfuite avec fa véritable forme, que par
l'effet d'une putréfaction particulièrement modifiée & très-
lente, qui lui rendroit fon premier caractère ?

Cette tranfmutation, quelle qu'en foit la nature, s'établit

indifféremment dans les diverfes efpèces de terre. Nous l'a-
vons trouvée la même dans l'épaiffeur de la terre végétale,
répandue à la furface du fol, & dans les couches de fable
beaucoup plus épaiffes, qui en formoient la plus grande profondeur. Ce fable & les couches de filex qui y étoient inter-
pofées par lits, étoient empreints de la couleur noire, qui
leur communiquoit une teinte luifante. Cette tranfmutation
s'opère d'ailleurs en peu de tems, & avec une célérité remarquable. Les dernières grandes foffes du Cimetière n'étoient
fermées que depuis cinq ans, & de la furface jufqu'au fond, tous
les corps qu'elles contenoient, un très-petit nombre excepté,
étoient transformés complettement. Cette promptitude à s'établir nous a privés de plufieurs obfervations importantes, qu'il
eût été intéreffant de recueillir. Y a-t-il une différence relativement aux foffes, à raifon de leur pofition, & la tranfformation commence-t-elle plutôt ou plus tard dans les
unes que dans les autres ? Tous les corps dépofés dans les
foffes communes, paffent-ils également à cet état ? Un certain nombre, dans celles que nous avons pu obferver complettement, étoient entièrement décharnés, & réduits à l'état
de fimples offemens. Ces corps avoient-ils échappé à la tranfformation générale, & avoient-ils été décompofés par un autre
genre de deftruction ? Mais, ces derniers exceptés, la tranfmutation s'opère-t-elle d'une manière fimultanée dans tous
les corps qui la fubiffent ? Alors, il feroit utile d'apprendre
comment elle s'établit en même-tems dans tous les rangs,
fur toutes les furfaces, & aux différentes profondeurs. Si elle
eft fucceffive, il ne feroit pas moins intéreffant de favoir fi
elle dépend plus de la conftitution particulière des corps que
de leur pofition locale ; & dans le premier cas, il s'agiroit de
connoître

connoître quelle eft cette conftitution particulière ; dans le fecond , par quelles couches des corps elle commence ; & dans l'un & l'autre enfin , quelle eft la célérité ou la gradation fuivant laquelle elle fe propage.

En général , la manière dont cette tranfmutation une fois établie , marche enfuite , fe complette & fe dégrade , ne paroît pas être uniforme. Dans les foffes où elle paroiffoit le plus parfaitement opérée , le plus grand nombre des corps étoient transformés entiérement. Mais quelques-uns auffi n'en offroient encore que les plus légers commencemens , tandis que d'autres paroiffoient déja prefqu'en entier décompofés. Ceux que nous avons dit que l'on avoit trouvés réduits en offemens , étoient-ils des corps paffés au gras , & qui fuffent déja détruits totalement ? S'il en étoit ainfi , il en réfulteroit que la conftitution particulière des corps auroit une grande influence fur la marche progreffive de ce fingulier travail de la nature. En effet , ces corps , ainfi que ceux dont la tranfmutation ne paroiffoit offrir qu'une première ébauche de cet étonnant changement, ou qui touchoient déja aux derniers degrés de leur deftruction , fe rencontroient, autant que leur petit nombre le permettoit , confondus & mêlés fans aucune particularité remarquable dans tous les rangs & à toutes les profondeurs également. Cependant la fituation des couches paroît avoir auffi fous ce rapport une action très-manifefte. Ainfi c'eft par la partie fupérieure des foffes , que la dégradation s'établit ; les couches les plus profondes étant les dernières où le gras fe détruife. Elles font auffi les premières à en offrir des veftiges dans les Cimetières , dont la terre , non encore fuffifamment préparée par le tems , ne fait que commencer à être propre à la production de ce phénomène , ainfi que nous avons eu

E

occafion de l'obferver dans les différens Cimetières de la Capitale (1). On pourroit induire de cette circonftance que c'eft
par le fond des foffes, que la tranfmutation obfervée à celui
des Saints Innocens, a commencé à s'opérer. Tout concourt
à rendre cette conjecture vraifemblable.

Mais, fi nous n'avons pu obferver auffi complettement que
nous l'aurions défiré, comment la transformation s'établit, fe
propage & fe dégrade dans les diverfes couches des grandes
foffes, nous l'avons fuivie très-exactement dans les différentes
parties des mêmes corps. Ici plufieurs degrés très-fenfibles
fe font remarquer. C'eft la peau qui la première fubit la tranfmutation. D'abord fon tiffu fibreux fubfifte; mais le corps adipeux eft déja blanc. Lorfque celui-ci eft paffé à cet état, il offre
encore, en quelques parties, la couleur jaune qui lui eft ordinaire. Sous la peau & la couche de graiffe déja transformées,
les mufcles confervent encore quelque tems leur couleur. Les
vifcères font long-tems auffi reconnoiffables dans leurs cavités, où on les voit d'abord feulement affaiffés, defféchés, &
ayant perdu beaucoup de leur volume. Mais bientôt ces mêmes parties fubiffent la converfion, & l'on voit fe développer
dans leur tiffu la matière du gras, qui les pénètre enfin profondément. Toute la maffe des chairs ayant éprouvé la tranfmutation, le tiffu fibreux fubfifte encore dans les maffes
qu'elle forme; & ce n'eft que lorfqu'il n'en refte plus de
veftiges, que la transformation eft complette. Au-delà de ce
point, la dégradation ou décompofition commence à s'établir.
C'eft par les cavités que celle-ci s'annonce. On n'obferve
plus dans le thorax & le bas-ventre qu'une petite quantité

(1) Notamment à Clamard & au Cimetière Saint Paul.

de gras, fous forme de débris, & comme émiettés. Alors les os font défarticulés, le fternum & les tégumens du ventre font appliqués fur la colonne épinière, les côtes font couchées de chaque côté, les vertèbres féparées, & l'on trouve dans les jeunes fujets les épiphyfes défunies. La décompofition a lieu enfuite dans les chairs par la partie qui correfpond au tiffu cellulaire. Ce gras, toujours fpongieux & d'une confiftance plus rare, fe réduit auffi en débris ou fragmens, plus ou moins atténués. La peau & le corps adipeux fe confervent d'une manière plus durable. Ils offrent des plaques plus ou moins épaiffes & étendues, diverfement configurées, le plus ordinairement de forme circulaire, qui s'appliquent fur les os longs; qu'elles enveloppent, & qu'elles touchent immédiatement : elles confervent long-tems leur denfité & leur blancheur, le cuir chevelu fur-tout. Mais ce gras lui-même fe détruit à la longue, & l'on ne trouve plus enfin à la furface des os qu'une fubftance peu abondante, ou molle comme de l'argile détrempée, & un peu épaiffe, dont elle a la couleur, ou sèche, & comme friable, d'une teinte plus rembrunie. Il paroît que c'eft le réfidu des principes colorans & indeftructibles, ou le principe terreux peut-être, qui reftent ainfi encore mêlés d'un peu de gras, mais fur lequel ils font furabondans.

En général, cette deftruction fucceffive des différentes maffes du gras méritoit d'être obfervée. Un grand nombre de foffes de différens âges ayant offert ce phénomène, nous avons pu fuivre toutes fes dégradations particulières, toutes fes variétés dans la tranfmutation des vifcères. Elles apprendront comment & dans quel ordre fe détruifent, après la mort, les différens organes dont l'obfervation a fi bien décrit le développement fucceffif dans la formation de l'homme, & l'on sera surpris d'apprendre que le cerveau est celui de tous qui se détruit le dernier (1). La même prérogative paroît appartenir aussi quelquefois au foie, ou plutôt aux pierres biliaires ; & formées, comme elles le paroissent dans l'état vivant, par la matière propre du blanc de baleine, qui est si inaltérable dans le sein de la terre, on voit pourquoi ces parties s'offrent encore après la destruction totale de toutes les autres, dans les corps mêmes qui ne passent point à cet état de transmutation. Développée par le dégagement des gaz, ou *principes aëriformes*, pendant la putréfaction, & par leur réaction sur les corps, c'est lorsque la terre est saturée de ces mêmes gaz, que cette substance paroît se former. Cette saturation de la terre est prouvée par sa couleur noire, qu'elle doit à une grande quantité de gaz inflammable, dont elle est surchargée (2). Exposée à l'air, elle perd cette teinte très-promptement ; & si lorsqu'elle est dans cet état, on y enfouit de la matière du gras, il s'y détruit promptement. Il faut observer qu'on n'a trouvé cette substance au Cimetière des Saints Innocens, que dans les grandes fosses toujours enveloppées & pénétrées d'une terre très-noire ; qui recouvroit même de plusieurs pieds les massifs des cercueils ; que dans les autres Cimetières de la Capitale où l'on a trouvé des traces de ce phénomène, il ne s'est pré-

---

(1) J'ai réuni dans la collection formée une nombreuse suite des différens viscères & des diverses parties du corps, dans tous les degrés & tous les états qu'a présentés ce phénomène. La conservation du cerveau, qui reste même dans les corps qui ne passent point au gras, après l'entière destruction des parties molles, étant une circonstance digne d'une attention particulière, j'en ai recueilli une très-grande quantité, pour montrer dans tous ses points la manière propre de se détruire de ce singulier viscère.

(2) M. de Fourcroy a déterminé la nature de ce gaz, qui est très-abondant,

fenté que dans celles des couches de terre de ces foffes, qui avoient la même couleur. Pour opérer cette tranfmutation, les matières animales doivent être accumulées en grandes maffes : on n'en a pu appercevoir aucunes traces dans les fépultures particulières. Il paroît de plus qu'une couche épaiffe du fol eft néceffaire au·deffus des corps ; trop près de la furface, l'évaporation des gaz auroit lieu, & il n'y auroit pas de faturation. Outre l'état de la terre, celui des corps paroît auffi, comme nous l'avons dit, concourir à cette tranfformation. Mais, quelle que foit l'influence de cette caufe, la difpofition du fol eft la principale. On voit ainfi comment il feroit poffible d'imiter ce phénomène, de le produire artificiellement ; & fi cette matière peut être affez purifiée pour être employée dans les Arts, on conçoit de quelle manière on pourroit en faire aux voiries une application utile.

Dans le mouvement qui s'établit pour la production de cette fubftance, on ne peut méconnoître les effets d'une altération inteftine & fpontanée, & les caractères d'une véritable fermentation. Les mêmes circonftances, les mêmes caufes y paroiffent réunies ; des matières accumulées en grande quantité ; une température moyenne & toujours égale, telle qu'on la rencontre à une certaine profondeur dans la terre ; une décompofition très-lente, un mouvement inteftin, qui rompt l'aggrégation de toutes les parties, qui réduit tous les corps en une grande maffe de matière molle, & prenant un certain degré de liquéfaction (1) ; fe ramolliffant au moins d'une manière plus ou moins fenfible, en paffant à l'état d'une pâte,

---

(1) C'eft pour cette raifon qu'on ne trouve point de momies féches & fibreufes dans les foffes communes, le mouvement qui s'y opère étant oppofé à l'état de folidité qu'il détruit complettement dans toutes les parties, les os feuls exceptés.

dans le fein de laquelle les gaz dégagés & retenus forment ainfi que dans la fermentation panaire (1), des cellules, des alvéoles, un tiffu fpongieux & léger; & en contractant de nouvelles combinaifons donnent pour produit une fubftance différente de celle d'où ils font émanés. C'eft ici la nature travaillant au fein de la deftruction même, à la récompofition, à la production des êtres, que nous montre ce phénomène; inftinct puiffant, force incommenfurable à laquelle elle femble ne pouvoir fe fouftraire dans tous les mouvemens qui agitent la matière & diffolvent fes élémens.

Mais quelque foit ici l'énergie de cette action, la plus grande lenteur en modère les effets. Les parties qui y font foumifes, ne fouffrent en apparence aucuns dérangemens. La tranfmutation n'altère en rien leurs formes. Ainfi le tiffu grenu de la peau fe conferve, de même que les épanouiffemens des fibres mufculaires, les expanfions membraneufes, les organes folides & compacts; ceux qui ne font que vafculaires, perdant leur configuration. Cette transformation qui ne change point l'état & l'ordre naturel des vifcères & des différentes parties, paroît refpecter également les traces des affections contre nature, & les produits des maladies; telles font les maffes ovoïdes du thorax & les concrétions biliaires du foie.

Les corps ainfi transformés reftent long-tems inaltérables; lorfque la fubftance qui les forme, ne perd rien de fes principes. Le dégagement des gaz, & leur évaporation à travers le fol font-ils empêchés, les corps fe confervent dans le fein de la terre pendant une très-longue fuite d'années. Des foffes de plus de 30 ans, nous en ont offert la preuve. Mais outre le dégagement des gaz qui s'opère à la longue, une caufe

---

(1) C'eft, d'après les connoiffances modernes, une fermentation gazeufe.

puiſſante contribue à leur deſtruction. C'eſt l'humidité du ſol, qui, à raiſon de la nature ſavonneuſe de la matière du gras, la diſſout très-parfaitement. L'état du terrein eſt donc une des circonſtances principales qui influent ſur ſa durée au ſein de la terre & ſur ſa conſervation. Ainſi dans les foſſes du Cimetière les moins expoſées au ſoleil, dans celles également où les excavations du ſol occaſionnoient des dépôts d'eaux pluviales (1), que l'on avoit coutume de perdre dans les terres, nous avons obſervé que les corps étoient plus promp-tement décompoſés. Lorſque ces eaux étoient accumulées en grande quantité dans le fond des foſſes, ainſi qu'on l'obſer-voit quelquefois, tous les corps ſe trouvoient détruits dans les couches de cercueils, que ces eaux inondoient. Le même cercueil offroit ſouvent en ce genre une preuve plus frap-pante, lorſqu'il étoit incliné; la partie qui baignoit dans les eaux ſtagnantes, étant complettement décharnée, tandis que celle dont l'élévation la garantiſſoit de l'humidité, n'avoit ſouffert aucune altération. Mais dans les parties les plus ſéches de l'emplacement, les corps préſentoient l'état de la plus par-faite conſervation. Les foſſes ne ſembloient avoir rien éprouvé de l'ancienneté du tems; & la matière du gras qui dans les premières étoit plus ou moins ſale & toujours humide, offroit dans celles-ci une conſiſtance ferme, un tiſſu compact, une ſubſtance ſèche & ſolide de la plus grande blancheur.

On voit dans cette tranſmutation ſi étonnante de nouveaux points d'analogie & de différence entre les divers principes

(1) J'ai rencontré ſouvent ces dépôts d'eaux pluviales; quelquefois ils étoient très-abondans, & ils occupoient tout le fond des foſſes; d'autres fois quelques bières ſeules contenoient ces eaux, & dans ce cas on les trouvoit raſſemblées vers la partie la plus déclive.

qui forment l'économie animale. En général le corps envi‑
fagé fous ce rapport, peut être confidéré comme une grande
maſſe de tiſſu cellulaire, qui contient différens principes qui
y font épanchés; les fucs graiſſeux qui forment le corps adi‑
peux, ou la matière de la graiſſe; les fucs lymphatiques,
qui forment celle des membranes; les fucs glutineux, ou la
fubſtance *végeto-animale*, formant la matière propre des
mufcles; les fucs falino-calcaires, ou la bafe folide des
os; les fucs que l'on peut appeller cornés, & qui paroiſſent
compofer la trame particulière des cheveux & des ongles;
certains fucs extractifs, ou la matière propre des principes
colorans; enfin ceux que d'après la dénomination ancienne
du blanc de baleine (1), on peut nommer *fpermatiques*,
& qui paroiſſent former la fubſtance propre du cerveau;
comme ils forment celle de la réfine de la bile & des con‑
crétions biliaires. De ces différens principes, les deux pre‑
miers paſſent évidemment au gras; favoir, les fucs graiſſeux
& lymphatiques, qui ne font peut-être enfemble, fous ce
rapport, qu'une feule & même fubſtance. Les quatre fuivans
ne font point propres à fubir la tranfmutation, & diffèrent ainfi
de la matière lymphatique graiſſeufe, la feule, à ce qu'il
femble, fufceptible d'éprouver une forte de fermentation, &
de fe dénaturer. Le feptième; favoir, la matière fperma‑
tique, ou fubſtance particulière du cerveau & des pierres
biliaires, eſt la matière même du gras; toute formée
& exiſtant à nud dans les humeurs. On diſtingue donc
ainfi dans l'économie animale, trois ordres de principes
différens relativement à ce phénomene; favoir, des parties

(1) *Sperma ceti.*

qui

qui font la fubftance du gras déja développée dans le corps
vivant; des parties qui ayant une grande difpofition à paffer
à cet état de gras, y paffent après la mort, & d'autres qui
n'ayant aucun penchant à cette tranfmutation ne l'éprouvent
point, même par l'effet de cette circonftance. Peut-être,
ainfi que nous l'avons déja dit, ces deux premières parties n'en
font-elles qu'une feule & même, à une très-foible variété
près (1). Mais fi elles fe rapprochent entre-elles par une grande
analogie, elles s'éloignent des autres par une différence très-
remarquable. La réfiftance qu'oppofent ces dernières à la tranfformation, annonce que les principes qui les conftituent, font
un ordre à part, & qui leur eft particulier. Cependant relativement aux parties offeufes, il faut remarquer que le parenchyme
qui les forme, étant une fubftance lymphatique analogue aux
cartilages, il fe peut que ce ne foit que par l'effet de l'en-
durciffement, qu'elles ne paffent pas au gras. Peut-être n'eft-
ce auffi que par une forte de momification, qu'opère l'addi-
tion de la matière terreufe & faline du fel phofphorique of-
feux, dont le parenchyme cartilagineux eft pénétré? Il pourroit en être à peu près de même de la fubftance des cheveux,
des ongles, qui paroît être bien évidemment animalifée. Cette
fubftance n'eft-elle pas la matière glutineufe durcie, folidi-

---

(1) C'eft ce que femble prouver la transformation en gras du globe de l'œil, des
membranes du nez & de la gorge, des chairs fi tendres de la face, du cuir chevelu;
toutes parties qui femblent abreuvées d'une lymphe graiffeufe très-tenue, telle que
paroît être celle qui forme les fucs médullaires. C'eft une fubftance huileufe très-
fine, très élaborée, & qui paroît comme diffoute dans les fucs lymphatiques, qui
fait la bafe de ces parties, & qui offre dans leur converfion le gras le plus blanc,
le plus homogène & le plus pur.

F

fiée, comme épanchée auffi dans un parenchyme membraneux, qui comme le parenchyme cartilagineux des os, ne feroit qu'une portion de matière lymphatique confolidée, deſſéchée, & approchant de la même manière d'une forte de momification ? Mais en admettant même ces rapprochemens, on obferveroit toujours un ordre particulier de principes qui ne paffant point à l'état de gras, différeroient beaucoup du corps adipeux, de la fubftance lymphatique, & des parties fpermatiques pures. Ces principes feroient au moins au nombre de trois, favoir la matière glutineufe des mufcles, des cheveux & des ongles ; les principes extraćtifs colorans, qui doivent peut-être beaucoup à cette matière glutineufe ; & la matière faline calcaire des os, qui étant la plus réfraćtaire, la plus folide, réfifte le plus aux agens de la deftrućtion. On reconnoîtroit ainfi, d'une manière plus précife qu'on ne l'a fait jufqu'ici, en quoi diffère la texture des différentes parties du corps humain, & ce phénomène auroit jetté un nouveau jour fur leur compofition. On verroit fur-tout que la bafe de l'économie animale feroit une fubftance, finon déja femblable, au moins analogue à la matière du gras ; que tout le but de fes fonctions feroit de tendre vers la produćtion, ou le développement de cette matière ; que ce principe feroit comme le caraćtère effentiel de l'animalifation, en même - tems qu'il formeroit le premier mode de la deftrućtion des parties ; & que comme pour modérer le cours de cette tendance, la nature auroit admis dans l'économie animale vivante, des parties hétérogènes & plus fixes, qui étant étrangères à cette tranfmutation, en rallentiroient les mouvemens. Auffi les organes, les parties les plus abondamment pourvus de ces principes particuliers, font-ils ceux qui réſiſtent le plus, après la mort, à la deſtruction (1).

Ce phénomène ne paroît avoir été apperçu juſqu'à nos jours par aucun Obſervateur. On n'en trouve aucune trace dans les ouvrages ſi nombreux, publiés pendant les deux derniers ſiècles ſur les ſépultures (2). Cependant la manière dont nous l'avons vu en très-grandes maſſes, annonce qu'il n'exiſte pas de telle ſorte qu'il eût pu ſe ſouſtraire aux re-cherches, ou échapper aux regards, s'il eût été jamais donné à l'œil humain de contempler ce ſpectacle. Ce ſilence des Au-teurs eſt une preuve de plus qu'il tient à une ſorte de loca-lité de ſol ou d'uſage. Tant que le reſpect des peuples pour les morts, & cette opinion religieuſe qui leur perſuadoit que les ombres voltigeoient autour des tombeaux, leur fit un de-voir ſacré du ſoin des ſépultures, on peut préſumer que l'ordre de choſes néceſſaire à la production de ce phénomène n'eut jamais lieu. Les corps dépoſés dans de vaſtes enceintes, que ne reſſerroient point les limites des villes, repoſoient dans des eſpaces libres, comme dans un air pur, convena-blement éloignés & iſolés les uns des autres. Les cauſes de

(1) Tel eſt peut-être le but de la nature, dans l'éxtenſion des principes colorans au règne organique, dont les différentes ſubſtances ayant pour baſe une matière très-fuſceptible de s'altérer, avoient beſoin d'être contenues dans cette tendance.

(2) Voyez Henric. Kornman, *de miraculis mortuorum*.

L. Chriſt. Frid. Garmann, *de miraculis mortuorum*. Lipſ. 1709. in-4°.

Jo. Jac. Chiffletii, *de linteis ſepulcralibus Criſis hiſtorica*, Antuerp. 1624. in-4°.

Joan. Herbinii, *religioſæ Kijovienſium cryptæ*. Jenæ. 1675. in-12.

Henrici Spondani, *Cæmeteria ſacra*, in-4°, & le grand nombre d'Auteurs que ce dernier, Evêque de Pamiers, a cités dans ſon Ouvrage.

la deftruction anéantifloient alors rapidement chacune de
ces froides dépouilles, auxquelles elles s'attachoient féparé-
ment. Pour produire ce nouveau mode fous lequel elle s'eft
offerte à nos regards, il falloit un concours de circonftances
tout-à-fait oppofées ; des morts amoncelés par milliers
dans un efpace étroit ; un fol, qu'une longue fuite de fépultures accumulées, eût en quelque forte faturé des débris
de l'efpèce humaine. Il n'y avoit que le renverfement total
des formes, & la corruption extrême des grandes villes, qui
puffent amener ces modifications particulières , & l'on voit
combien l'on fût refté éloigné de la connoiffance de cette
étonnante obfervation , fi l'on eût attendu des effais des
hommes les difpofitions qu'exigeoit une auffi grande expérience.

Mais quelque peu honorable que foit pour nos ufages &
nos mœurs cette réunion de circonftances qui l'a produite ,
on ne peut méconnoître qu'elle ne foit devenue très-avan-
tageufe pour les progrès de l'inftruction. Elle ajoute une
nouvelle branche à l'hiftoire de la décompofition des corps dans
le fein de la terre , & répand un grand jour fur cette partie de la
phyfique fouterraine. C'eft une efpèce particulière de momification qu'elle nous fait connoître, & qui , comparée à celle
qui produit les momies sèches & fibreufes, nous montre en
ce genre un nouveau travail de la nature. Dans la première
tout le tiffu des parties eft détruit ; la contexture des folides eft rompue ; leur aggrégation intime eft diffoute ; tout
femble avoir paffé à l'état d'un liquide épais, qui a repris
enfuite plus ou moins de folidité & de confiftance. Dans les
momies ordinaires, au contraire, il femble que toutes les
maffes fluides ont difparu , & la matière fibreufe reftée à fec ,

réduite au parenchyme folide des parties, femble feule avoir été confervée.

Cet état de momification paroît être le plus naturel aux corps dépofés dans le fein de la terre ; c'eft celui qu'ils femblent affeêter d'une manière plus particulière. Nous en avons eu la preuve fur les corps récemment enterrés dans l'Eglife, dont toutes les chairs, celles fur-tout qui ainfi qu'on l'obferve aux extrémités & aux parties extérieures du tronc, paroiffent les plus sèches & les plus tendineufes, fembloient momifiées prefque en totalité, lors même que l'altération la plus putride commençoit de toutes parts à les détruire. Tel paroît être auffi le premier état des corps des grandes foffes, dont on trouve d'abord les vifcères dans les différentes cavités, affaiffés fur eux-mêmes, diminués confidérablement de volume par la déperdition de leurs parties les plus fluides, & comme racornis & defféchés par l'effet de cette caufe. Dans un degré plus avancé, & lors même que prefque toutes les parties font paffées au gras, on y reconnoît encore le tiffu fibreux, confervant plus ou moins de fa folidité, & participant à une forte de defféchement. C'eft donc à l'état de momification que les corps qui fe décompofent dans la terre, paroiffent avoir le plus de propenfion ; c'eft celui vers lequel leur première tendance s'établit. Mais elle eft bientôt contrebalancée & détruite dans ceux qui fe confument, par le dégagement & l'évaporation des gaz, ou *fluides élaftiques*, qui forme la liquéfaction putride, & par la réaction de ces mêmes gaz fur les parties molles, dans les corps qui paffent au gras.

Or ces gaz qui jouent un fi grand rôle dans la décompofition des corps, & dont la nature jufqu'alors incoërcible à tous nos efforts, & qui échappe à tous nos fens, fembloit devoir nous dérober à jamais l'action dans ce phénomène important, l'opération que nous venons de décrire nous les a offerts à nud dans les travaux du Cimetière. Elle nous les a montrés comme fixés dans leur évaporation à travers les terres, & visibles en quelque forte dans la teinte noire dont ils les colorent. Tout se résout en ces principes fugaces & qui se volatilisent. La terre s'en charge & les transmet à l'atmosphère. C'est de cette manière qu'elle agit sur les cadavres, & qu'on dit qu'elle les détruit & les *consume* dans le langage vulgaire. Mais elle peut agir aussi sur les corps, en les empêchant de se résoudre, & dès-lors contribuer à les conserver, comme lorsque par sa chaleur, elle les dessèche, ainsi qu'il arrive dans le sable exposé aux fortes ardeurs du soleil; ou lors que par sa sécheresse elle s'imbibe de toute l'humidité qu'ils contiennent, ainsi que la chaux vive ou éteinte le peut faire. Dans tous ces cas, elle momifie les corps qui d'ailleurs y ont par eux-mêmes quelque disposition. C'est peut-être pour cette raison que nous n'avons trouvé de momies que dans les premières couches du Cimetière, & dans la partie du sol la plus sèche, la plus exposée au soleil, & nullement dans les endroits clos & couverts, tels que l'Eglise & les Charniers. Dans ces cas, la terre en contribuant au desséchement des parties molles, s'oppose à l'évaporation des gaz. Mais elle y apporte obstacle également, lorsqu'elle en est saturée, & il en résulte une momification aussi parfaite, quoique d'une espèce différente.

Le jeu des gaz produit donc dans la décomposition des corps, trois effets particuliers; la destruction, s'ils s'évaporent; les momies grasses, si en se dégageant ils sont réfléchis sur les parties molles, ou retenus dans leur tissu; les momies fibreufes, s'ils ne fe dégagent point, ou du moins que d'une manière imparfaite. Les différences que préfente chacun de ces trois états, dépendent encore de la même fource ; ainfi la décompofition des corps à l'air, foit dans un lieu clos & d'une température modérée, foit à l'air libre avec expofition aux rayons du foleil, ou concurremment avec un froid glacial, foit enfin fous l'eau, & fpécialement fous la glace, varie fuivant que le dégagement des gaz eft contrarié ou fecondé par le froid ou la chaleur, par l'état fec ou humide du milieu environnant. Le même principe explique les diverfes circonftances de la décompofition des corps dans nos fépultures, foit particulières, foit communes; celles fur-tout qui dépendent de la nature du fol, de l'expofition variée au foleil, de la température du climat, de l'étendue du terrein, du nombre des fépultures, & de leur profondeur, enfin des qualités différentes de la terre. En général, c'eft à raifon de fa facilité à abforber ou à tranfmettre les gaz, que la putréfaction des corps dans fon fein, offre des variétés. Ainfi le fable fec eft celui qui favorife le plus la décompofition des corps. Les terres argilleufes & compactes la retardent (1). Elle eft auffi accélérée par les terres calcaires, qui font très-atténuées, très-poreufes, très-perméables, & qu'on appelle pour cette raifon des terres *putrides* ou *feptiques*.

La momification en gras n'éprouve pas des différences moins fenfibles, par l'effet de la même caufe ; ainfi, elle fe trouve

(1) Cette vérité avoit été apperçue par MM. Lemery, Geoffroy & Hunauld ; voyez leur *Rapport à l'Académie Royale des Sciences*, en 1738.

compliquée, réunie avec la momification sèche ; quand il y
a une tendance affez forte, affez rapide au defféchement pour
la contre-balancer dans quelques parties (1). L'état de momification fibreufe eft lui-même auffi foumis, dans fes modifications, aux loix que fuivent les gaz dans leurs différens
développemens. Elle varie à raifon de la difpofition plus ou
moins grande, que donne aux corps leur conftitution particulière, à fe dépouiller de leur gaz. Ainfi, les femmes dont
les humeurs font en général moins animalifées, paroiffent
avoir une propenfion plus grande à fe changer en momies,
comme nous avons eu occafion de l'obferver (2). De
même les différentes parties du corps qui ont le plus
de difpofition à fe diffoudre, à fe putréfier, & confé-
quemment à laiffer échapper leur gaz, telles que les chairs
fi tendres de la face, font détruites, ou fe confument le
plus ordinairement dans les momies, tandis que les parties
plus fibreufes, plus denfes des extrémités fe confervent prefque toujours.

Enfin, c'eft auffi dans le même ordre de principes que l'on
voit fe réfoudre ces degrés intermédiaires qui féparent encore
nos froides dépouilles du néant, dans le fein même de la
mort. Ces offemens que laiffe après elle la décompofition des
corps dans le vuide des tombeaux, & dont la deftruction
particulière, qui n'a jamais été décrite, pourra l'être d'après les

---

(1) Cette réunion des deux états oppofés eft très-rare ; je n'en ai pu obferver
de traces que fur un petit nombre de parties.

(2) Parmi les différens corps changés en momies sèches, que j'ai trouvés au Cimetière, & que je conferve au nombre de 50 à 60, il n'y a qu'un feul corps
d'homme.

premiers

premiers élémens que nos obfervations nous ont permis de raffembler; ces corps changés en momies sèches & fibreufes, qui femblent braver la deftruction, par la manière même dont ils l'ont fubie, & qui, rendus à la lumière, à laquelle ils devoient être fouftraits à jamais, y éprouvent une décompofition prefqu'infenfible; toutes ces parties, fi lentes à fe détruire, ne finiffent - elles pas par fe réfoudre également en principes aériformes & fugitifs ? Mais telle eft au moins la décompofition très - évidente des momies graffes, fur lefquelles la deftruction femble avoir empreint toutes fes traces, marqué tous fes degrés, & où elle paroît fe plaire à dévoiler toute fa marche. Confervées dans la terre noire & faturée qui les environne, elles femblent indeftructibles. Mais cette faturation de la terre ceffe - t - elle d'avoir lieu, leur deftruction eft bientôt affurée & rapide.

Ce n'eft donc point en terre que fe réduifent les corps, ainfi qu'on l'avoit toujours penfé ; on n'en trouve nul veftige dans les cercueils les mieux confervés, où, fi telle étoit leur manière de fe détruire, on devroit en rencontrer une quantité confidérable. Ils ne font pas davantage la pâture des vers, qui ne s'y développent que lorfqu'ils font expofés à l'air, & dont nous n'avons retrouvé de traces que fur les cadavres qui y avoient été long-tems abandonnés dans des ciconftances particulières & antérieures au moment de leur fépulture. Mais, ainfi que l'avoit penfé Becker (1), les corps s'exhalent, s'évaporent en gaz ou principes fugaces & volatils, qui, rendus au réfervoir commun, & mêlés de nouveau au fein des élémens, fubiffent une continuelle fucceffion de formes

(1) Phyfic. fubterran. Lib. I, Sect. V, Cap. I.

G

& de métamorphofes différentes. C'eſt-là la raiſon pour laquelle on ne voit point s'élever le ſol des Cimetières, ni le nombre de leurs couches s'accroître & s'accumuler (1) ; phénomène qui avoit tant exercé l'eſprit des Phyſiciens des derniers ſiècles, qui conſidéroient que ſi les corps de tant d'innombrables tribus d'animaux qui peuplent les cieux, les eaux & la terre, devoient être changés en ce dernier principe, le globe ne devroit être à ſa ſurface, & dans toute l'épaiſſeur du ſol que nous habitons, qu'un vaſte amas de débris de cadavres, & recevoir chaque ſiècle de nouveaux accroiſſemens produits par leur deſtruction.

Les détails que ces différentes vues pourroient exiger, & que les bornes de ce Rapport ne permettent pas d'étendre davantage ici, feront offerts au Public dans tous leurs développemens. Ils feront partie d'un Ouvrage (2), dans lequel on ſe propoſe de décrire la ſuite des opérations dont nous venons de rendre compte, & de raſſembler tous les réſultats qu'elles ont offerts pour l'une des plus intéreſſantes parties de la Phyſique. On y réunira tous les renſeignemens hiſtoriques relatifs à l'antiquité du Cimetière, avec les deſſins de ſes divers monumens, gravés par des mains habiles. A ce tableau fidèle, qui retracera l'aſpect même du lieu, ſon ſite lugubre, ſon enceinte ſilencieuſe & triſte, ſes portiques ſurbaiſſés & ſombres, ſes voûtes antiques, & au milieu de ſa pompe & de ſes monumens funéraires, les foyers

---

(1) Becker, ilidem. *Cur Cæmeteria mole ſuâ non augeantur*, pag. 196.

(2) Cet Ouvrage, dont la rédaction m'eſt confiée, contiendra la deſcription des différentes parties du corps, deſſinées par M. Briceau, avec les diverſes altérations qu'elles ont préſentées. La partie chymique, rédigée par M. de Fourcroy, y ſera également réunie.

nombreux d'infection qu'il receloit dans fon fein, on compa-
rera l'état actuel du local, ouvert de toutes parts au libre accès
des vents; raffermi fur fes fondemens; purifié dans toute fon
étendue; applani dans toute fa furface; embelli par les monumens voifins; décoré d'une fontaine jailliffante, la première
que la Capitale aura vu couler dans fes murs, & réuniffant
toutes les fources de la vie, où naguères encore étoient ouverts tous les goufres de la mort. A la vue de ces defcrip-
tions, à la lecture de ces détails, les cœurs fenfibles au bien
que font aux hommes ceux qui les dirigent ou les gouvernent,
éprouveront quelqu'émotion; & la mémoire du Magiftrat
populaire & vertueux aux foins duquel la Capitale aura dû
l'un de fes établiffemens les plus utiles, l'un de fes monumens
les plus remarquables, ne reftera pas fans quelques titres aux
éloges des Savans, & fans avoir des droits à la reconnoiffance
publique.

Lu au Louvre, le Vendredi 29 Mai 1789.

GEOFFROY, DESPERIERES, DE HORNE,
    VICQ-D'AZYR, DE FOURCROY,
    THOURET.

Je certifie que le préfent Rapport, extrait des Regiftres de la Société
Royale de Médecine, eft conforme à l'Original & au Jugement de la
Compagnie. A Paris, ce 18 *Juin* 1789.

    VICQ-D'AZYR, *Secrétaire perpétuel.*

www.ingramcontent.com/pod-product-compliance
Lightning Source LLC
Chambersburg PA
CBHW061655180626
46818CB00003B/1112